Infintasy

love_bearbear0303

瀰霜和其他 250 人都說讚

各位，快從最後一頁取出書中的角色和她的裙子，替她換衣服吧。

冬季穿搭 # 彩羽 # 天鵝公主的皇冠

查看全部留言

瀰霜 下一集會有另一個角色，還有更加可愛的服裝。千萬不要錯過了！

濔霜 著
魯賓尼 繪
小精靈裁縫屋
02
天鵝公主的皇冠

繪鈴

設計師

單純樂天，想像力天馬行空。有點小魯莽和丟三漏四，總括而言是個可愛的天然呆！

彩羽

裁縫師

乖巧文靜，做事細心有條理。為人可靠又溫柔，是個治癒人心的存在！

麗螢

造型師

古靈精怪，善於欣賞他人。現實中常常被人忘記，不過在網絡上卻大受歡迎！

詩織

編織師

認真敏銳，做事專注又投入。有點像貓咪害羞怕生，其實是個純真可愛的孩子。

目錄

序幕
公主的網絡傳聞

夢想城鎮有一座天鵝城堡，城堡裏除了住着白天鵝公主，還有很多小動物在這裏工作。

每年冬天，辛勞了一整年的小動物都會獲得一個悠長假期，有的動物會回鄉探親，有的會到溫暖的地方度假，有的會回家冬眠。城堡前方的天鵝湖，湖面會結出一層厚厚的冰，那時候小動物們都會在冰湖上舉辦各式各樣的小聚會，以感謝這一年來彼此的幫忙和照顧，並約定明年春天再見。

這天，四小天鵝各自拿着不同的打掃用品，不知道是誰首先發現外面下雪了，她們紛紛擠到窗前眺望向城堡外，只見外面冰天雪地，天鵝湖的湖面快要結冰了，她們不約而同臉露微笑，十分期待。

蘋果小天鵝感嘆：「沒想到今年白天鵝公主邀請我們參加聚會，太令人高興了——」

藍莓小天鵝補充：「而且約好要和她交換禮物！」

香蕉小天鵝詢問：「説到禮物，我們該準備些什麼送給公主殿下？」

蜜瓜小天鵝回答：「我已經選好了。」

三隻小天鵝聽到同伴已經選好了禮物，十分驚訝又好奇。蜜瓜小天鵝雀躍地和大家分享消息：「早陣子我在小美人魚的『IF』上看到她的表演禮服，設計得非常可愛！於是我也在同一間服裝網店訂造了一件厚厚的大褸，希望公主殿下可以過一個漂亮又暖洋洋的冬天。」

香蕉小天鵝馬上追問：「那間網店叫什麼名字？」

蜜瓜小天鵝搖搖頭地回答：「不知道，好像是剛成立的新網店，還沒有正式命名呢。」

蘋果小天鵝擔心地問：「竟然是間連名字也沒有的商店，真的可信嗎？會不會是騙人的啊？」

藍莓小天鵝反而最在意**禮物**的模樣，誠懇地請求：「可以率先給我們看看大褸的設計圖嗎？」

蜜瓜小天鵝為了證明不是**騙案**，只好拿出電話，其餘幾隻小天鵝也紛紛靠近，氣氛好不熱鬧。

這個時候，走廊忽然傳來腳步聲，她們抬頭一看，原來剛好是白天鵝公主來了！

不好不好，公主殿下是不是聽到她們聊天才走過來？要是她預早知道禮物是什麼，聚會當天就沒有驚喜了！

四小天鵝立即狼狽地把電話藏好，匆匆忙忙向公主殿下行禮打招呼。

只見公主殿下一副心事重重的樣子，經過她們身邊的時候，還聽見公主殿下懊惱地自言自語：「究竟要怎麼辦啊……」

四小天鵝目送白天鵝公主一邊嘆氣，一邊踏着**沉重的腳步**離開。雖然禮物一事似乎好好隱瞞下來了，可是四小天鵝仍然未有鬆一口氣。

實在太奇怪了，平日白天鵝公主臉

上總是掛着一抹和藹可親的微笑，還會主動打招呼，有時候更會偷偷帶來一些**小餅乾**和她們一起享用，這天她卻一反常態失去了笑容，甚至沒有發現她們的存在！

蘋果小天鵝疑惑：「為什麼公主殿下好像很***失魂落魄***？」

蜜瓜小天鵝回答：「糟透了，說不定是因為這個！」

她萬分緊張地指指**電話**，其餘小天鵝立即擠在小小的電話熒幕前。

當她點開「IF」，一則**驚天動地**的動態消息便立即推送到眼前——

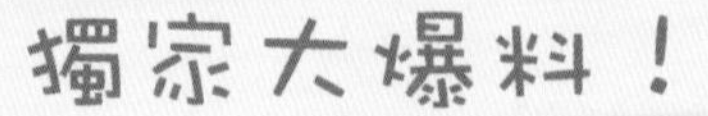

王子移情別戀，黑天鵝公主橫刀奪愛，白天鵝公主情場坎坷！

那則消息不僅標題聳人聽聞，更附上一幅照片，照片內的人物清晰可見，**黑天鵝公主**和**王子**真的一起逛街，而且表情看起來十分愉快。

小天鵝們呆望着這則消息，震驚得啞口無言！

蜜瓜小天鵝率先回過神來，十分**生氣**地說：「王子實在太可惡了！」

香蕉小天鵝也失望地說：「黑天鵝公主跟公主殿下是**好朋友**吧？為什麼會做出這種令朋友傷心的事？」

大家氣憤難平，只有蘋果小天鵝不知所措地左看看、右看看。她環視同伴們一遍又一遍，始終沒有誰打算說明情況，最後**不好意思**地問：「什麼是移情別戀、橫刀奪愛和情場坎坷？」

原來蘋果小天鵝看不懂整個標題的**關鍵詞**，藍莓小天鵝思考了一下，總結出比較容易明白的解釋：「簡單來説是，和公主殿下談戀愛的那位王子，竟然偷偷和黑天鵝公主約會了！」

蘋果小天鵝感到**難以置信**，她馬上想起剛剛白天鵝公主悶悶不樂的表情，四小天鵝終於全員確信這則天外飛來的網絡傳聞——

她們最、最、最喜歡的白天鵝公主，**失戀了！**

第一章
突如其來的新挑戰

天鵝城堡因為一則傳聞弄得滿城風雨，更沒想到的是，傳聞像漫天的**羽毛**隨着風飄遠去，即將影響住在夢想城鎮另一邊的繪鈴、彩羽和麗螢。

放學鐘聲一響，彩羽和麗螢如常來到**手作小組活動室**。麗螢用假髮娃娃練習造型，彩羽則坐在衣車前埋頭縫紉。彩羽愉快地小聲哼着歌，衣車「躂躂躂」的運作聲響彷彿成為了她的伴奏。

彩羽正在製作白天鵝公主的**大褸**，因為大褸的布料很厚重，導致製作過程有點吃力和耗時，現在看着漸漸成形的衣服，她不自覺充滿期待，真想快點看見**完成品**呢！

她又抬頭看看掛在牆壁上的活動白板，只見**七彩顏色**的磁石貼夾着不少設計圖和布料樣板，只要完成大褸，接下來便輪到這些設計圖變成真正的衣服了。

看着那些極具創意的畫稿，選擇實在太多，彩羽有點**三心兩意**，於是詢問麗螢的意見：「接下來，我們製作哪款衣服比較好？」

雖然小熊造型的連身睡衣**毛茸茸**的，很適合在冬季穿，不過時間上可能會趕不及？因為每件都是純人手製作，待衣服做好再送到客人手裏，恐怕完成所有訂單時已差不多踏入溫暖的春季了。要不然，直接製作**櫻花**主題的裙子吧？不過，這樣就會錯過了整個冬季系列，實在有點可惜……

麗螢默默聽完彩羽的考量後，一臉正經地回答：「我倒是有個**好提議**。」

彩羽興致勃勃地追問：「什麼？」

麗螢說出了一個出乎意料的答案：「趕快確定*網店的名字*——這提議如何？」

彩羽原本飄飄然的心情，立即被麗螢一言驚醒。雖然麗螢答非所問，彩羽卻不得不認同：「的確是個好提議呢，畢竟都拖拖拉拉了一段時間。」

夏天的時候，**小美人魚**將表演禮服的照片，還有和手作小組三人的自拍照上傳到「IF」，馬上引起不少迴響，追隨人數和讚好人數都有明顯提升，只是繪鈴、彩羽和麗螢沒想到收到最多的**私訊**查詢，居然是——

為什麼你們的網店**沒有名字？**會不會是詐騙集團或冒牌貨啊？

手作小組成立至今，仍未為網店正式命名。

這段期間她們也曾經積極**討論**過，而且提出了各種各樣的名字，無論是可愛的、有趣的或是神秘的……她們實在有太多太多想法和靈感，卻始終沒有一個是大家一致**滿意**。後來測驗和考試接踵而至，大家忙於溫習，課外活動小組也因此暫停好一陣子，再來就是忙着處理四小天鵝的訂單，麗螢也要兼顧**模特兒**的工作，網店命名這件事便不了了之。

雖然她們請求過各位耐心等候公告，可是關

於網店名稱的質疑依舊三不五時地傳來，老實說麗螢感到有點煩厭了，總覺得是時候好好解決這個問題。

難得彩羽也認同這個提議，那麼今天就來決定網店名稱吧！麗螢坐言起行來到白板前，將那些畫稿與資料移到角落，騰出白板中間的空位，一本正經地寫下「緊急會議」四個字，然而當她轉身回望，就只見到乖巧地坐在座位上等待發言的彩羽，才恍然想起活動室尚欠一個人。

麗螢有點不耐煩地問：「怎麼繪鈴還不出現？」

今天繪鈴是值日生，雖然已交代會晚點才過來，可是也未免太久了，該不會她又迷迷糊糊闖下什麼小禍吧？

正當彩羽和麗螢思考要不要回課室看看繪鈴，活動室外便傳來了急促的腳步聲，接着**木門**被用力推開，繪鈴緊張地走進來，大聲叫嚷：

彩羽和麗螢互望了一眼，顯然不知道繪鈴在說什麼。

繪鈴也沒有等待她們回應，已急不及待揭曉：「白天鵝公主失戀了！」

她說完，以為在場的人也像她一樣驚訝，可惜等了又等，誰也沒有追問下去。

彩羽語重心長地提醒：「這是客人的私事，我們不應該隨便打探啊。」

麗螢也興趣缺缺地反問：「有什麼值得緊張？莫非是你害她失戀嗎？」

繪鈴焦急得用力搖頭，卻一時間不知道要怎麼解釋。不對不對，她想說的並不是單純的緋聞八卦啊！直到彩羽遞給她水樽，她一口氣喝了大半樽水，才終於冷靜下來，整理出最想表達的重點：「四小天鵝的訂單有變動啊！」

這次，彩羽和麗螢終於大為**震驚**！

她們異口同聲地問：「究竟怎麼回事，趕快告訴我！」

麗螢讓出位置，繪鈴站在**白板**前，裝模作樣地清清喉嚨，將事情始末與關鍵娓娓道來……

四小天鵝得知白天鵝公主的傳聞後，都非常擔心，卻又不敢貿然慰問。萬一安慰不到公主殿下，還害公主回想起**傷心事**，這可是她們最不樂見的局面了。

於是她們前思後想，決定把這份不知如何表達的**關懷**，傾注到交換禮物之上。

繪鈴將四小天鵝的意願如實交代：「她們要求追加訂單的設計，希望透過禮物告訴白天鵝公主——即使失去王子，她依然是最溫柔、最善良、最漂亮，大家最喜歡的公主。」

聽到這裏，彩羽立即一臉為難地插話：「雖然我可以理解四小天鵝渴望鼓勵公主的心情，我也很希望可以滿足她們的要求，可是大褸已經差不多要完成了……」

如果現在才更改設計的話，整件大褸恐怕得重新製作，那時候不僅前功盡廢，還很可能趕不上天鵝湖聚會啊！

繪鈴聽完，胸有成竹地點點頭：「不用擔心，因為我已經想到了，那叫什麼……對了，一箭雙鵰的方法！」

說到這裏，她忽然從書包翻找出一張環保紙貼在白板上，紙上畫了一頂相當精緻的串珠皇冠。

繪鈴興高采烈地將最新的設計圖展示給彩羽和麗螢，然後繼續說：「如果是追加飾物，就能滿足四小天鵝的心願，也不用改動大褸的設計了！剛剛擦黑板時，我忽然靈光一閃想到這頂皇冠，於是趕緊畫下來，畫着畫着才發現時間不早，要你們等我那麼久，抱歉呢！」

麗螢看着設計圖，既沒有讚賞也沒有批評，只直截了當地問：「你已經傳給四小天鵝看了嗎？」

繪鈴雀躍地點頭承認：「對啊，她們也相當滿意，非常期待製成品……咦？你們為什麼擺出這種表情？」

她自顧自陶醉了一會，才發現彩羽和麗螢看着皇冠設計圖一臉無奈。

麗螢內心冒起一種不妙的預感，於是保險起見地問個清楚：「我們三個之中，有誰懂得串珠嗎？」

活動室一片沉靜，在場沒有任何人舉手。

繪鈴發呆了好久才終於理解狀況，驚訝地問：「咦！原來彩羽不懂串珠嗎？」

彩羽哭笑不得地回話：「不要以為我什麼都會啊！」

麗螢拍拍彩羽的肩膀，努力**安撫**：「至少繪鈴還懂得不可以隨便更改原本的設計，比我想像中聰明多了。」

眼見兩位伙伴萬分**懊惱**的模樣，繪鈴暗暗抱頭叫苦。怎麼辦？她以為自己有好好顧全大局，沒想到原來大家都不懂串珠，沒辦法製作皇冠的話，四小天鵝一定會很失望啊！

她淚眼汪汪地跟兩位伙伴道歉：「對不起，我以為這樣做會**萬無一失**。不如我和四小天鵝道歉，請她們取消皇冠的訂單……」

彩羽主動牽起繪鈴的手，又摸摸她的頭，溫柔地安慰：「我們先來想想辦法吧？畢竟已經答應了別人，我也不想讓她們**失望**。」

麗螢也沒好氣地苦笑：「下次交出設計圖前應該跟我們商量一下呀？」

繪鈴沮喪地點點頭，雖然很感激她們的體諒，可是內心總是有一絲不安。

誰也不懂串珠的話，皇冠究竟要怎麼完成啊？

第二章
神秘的串珠女孩

繪鈴、彩羽和麗螢三人互相鼓勵，花了點時間**重整旗鼓**，總算商量好接下來要怎麼辦。依據之前的經驗，網絡上應該有不少與串珠相關的教學文章和影片，然而在這之前，她們首先必須購買材料和工具才能好好**練習**，不然一切都是紙上談兵。

於是隔天放學，繪鈴、彩羽和麗螢便來到夢想城鎮的手作素材店採購所需物品。她們並不是第一次來**手作素材店**，只是平日都直接走往布料和針線的區域，因此踏足串珠區還是頭一回。她們掀開由天花板垂落到地面的**珠簾**，彩色繽紛的珠子立即映入眼簾。不只顏色眾多，連形狀也各有特色，除了大大小小的圓珠，還有

心形、星形、蝴蝶形……真令人目不暇給！

　　繪鈴看着眼前琳瑯滿目的珠子，不禁誇張地問：「我們是不是誤闖進**藏寶箱**了？」

麗螢左手和右手各拿着不同款式的珠子，遞到繪鈴面前問：「你要的是金珠子，還是銀珠子呢？」

繪鈴一雙眼睛都快要變成寶珠的形狀，她彷彿迷失在財寶裏頭，一邊傻笑一邊自言自語：「嘿嘿，乾脆……乾脆全都買回去！」

彩羽立即用力搖繪鈴的肩膀，嘗試喚醒她：「快冷靜下來，我們買不了那麼多啦！」

她們原本已商量好，只要是白色或是透明珠子便符合所需條件，唯獨現在身在其中，才驚覺珠子的款式實在太多了，即使簡單的一顆透明珠子，也分別有珍珠色的、幻彩色的，甚至在不同的光線之下會變色的。三位女孩嘖嘖稱奇，各種珠子拿在手上**閃閃發亮**，各有特色，這個不錯，那個也不錯，一時間沒辦法決定要哪款。

忽然，彩羽看到一籃非常可愛的珠子，便揮揮手說：「快來看看，這籃珠子是動物造型啊！」

彩羽細心地挑出**小熊**、**小兔**和**變色龍**造型的珠子，可惜當她轉身打算展示給兩位伙伴，身後卻只有空無一人的走廊，不知何時只剩下自己一個。

原來大家情緒高漲，走到哪裏都有新奇有趣的小東西，結果不知不覺三人都**走散**了！

繪鈴每走過一條走廊，便探頭張望，呼喚着伙伴的名字：「彩羽、麗螢——」奇怪了，怎麼走着走着，大家都不知所終了呢？

繪鈴只顧**東張西望**，沒發現前方也有一名女孩正走過來。那名女孩一邊走一邊看着貨架上的珠飾，看得相當入神，同樣沒有發現愈走愈近的繪鈴。

「哎呀！」

於是兩個不專心走路的女孩便撞成一團，雙雙摔倒地上了！

繪鈴趕快爬起來，跟對方道歉：「對不起，你有沒有受傷……咦？原來我們是同學啊。」

她伸出手希望拉對方一把，才發現那名女孩和她穿着相同的校服。竟然碰巧遇到同學，繪鈴感到有點驚奇，也不知不覺生出了幾分親切感。

可惜對方似乎沒有同樣的心情。女孩發現繪鈴是同學後，不知為何大大嚇了一跳，不但沒有接受繪鈴伸來的友善之手，更匆匆忙忙站起，一聲不響地轉身離開。

女孩一轉身，掛在書包上的貓咪掛飾便噹噹作響。

那是一個可愛又精緻的串珠掛飾，繪鈴立即眼前一亮，三步併兩步追上前，熱情地問：「你也來這裏買珠子嗎？這個貓咪掛飾是你親手製作的嗎？好——」

女孩未等繪鈴說完，便轉過頭來，怒氣沖沖地說：「我又不認識你，為什麼要告訴你！」

女孩的個子比繪鈴嬌小，氣勢卻猶如一隻生

氣得炸毛的貓咪，繪鈴當場被嚇得剎住腳步。

彩羽和麗螢聽到騷動，不約而同跑來一探究竟，於是她們也在貨架轉角與那女孩相遇了。女孩與她們迎頭碰面，瞪了兩人一眼便擦身而過。

彩羽半帶疑惑、半帶擔心地來到繪鈴身旁慰問：「發生什麼事了？你還好嗎？」

繪鈴立即淚眼汪汪地抱着彩羽撒嬌：「剛剛那個女同學，我看到她書包掛着好可愛的串珠貓咪，於是跟她打招呼，沒想到被罵了！」

此時麗螢走過來問：「你説的是這隻嗎？」

她攤開掌心，上面放了一隻黃色的貓咪串珠掛飾。

繪鈴仍然**驚魂未定**，看到貓咪掛飾，彷彿見貓如見人，嚇得躲在彩羽身後才回答：「對，就是這隻！」

彩羽驚訝地問：「為什麼你有這個掛飾？」

麗螢一臉淡然地回答：「在地上撿到的。」

她的語氣實在太輕描淡寫了，繪鈴和彩羽呆望掛飾一會，才意識到麗螢撿到了**失物**——不好了，那女孩離開時不小心掉落了掛飾！

如果現在找她的話，還來得及把掛飾還回去嗎？繪鈴和彩羽**慌慌張張**地繞了手作素材店一圈，可惜那女孩已經不見人影了。

麗螢聳聳肩，將串珠掛飾交給彩羽保管並提議：「既然知道是同學，那麼明天回到**學校**

再還給她吧？」

繪鈴想到那女孩兇巴巴的模樣，再三強調要一起行動：「雖然不知道她是哪一班，也只能找找看了……啊，你們要和我一起去啊！」

彩羽看着她可憐的模樣，忍不住偷笑幾聲，再看看店內的時鐘，才發現耽誤太久，連忙催促：「差不多要回去了，我們這次先買些普通款式的珠子吧。大家還記得回家後要做什麼嗎？」

繪鈴立即恢復精神，舉高手搶答：「在網上搜尋與串珠相關的教學文章和影片，來練習製作串珠皇冠！」

之後，手作小組的女孩們滿懷熱誠地離開手作店，決心與那些圓滾滾的珠子戰鬥到底！

結果第二天回到活動室，彩羽看着大家的成品**啞口**無言。

現在桌面上，只有兩組原封不動的珠子，還有幾幅全新系列的衣服設計圖。

彩羽的靈魂彷彿不知飄到何方，她已經對着大家的「練習成果」足足發呆了五分鐘，依然紋風不動，好像整個人漸漸石化了。

繪鈴和麗螢用眼神交流了一下，始終不知道要怎麼將彩羽的靈魂喚回來。她們互相推搪了幾下，最後麗螢決定首先坦白：「我反覆看了好幾遍教學影片，結論是完全看不懂。」

她為了看清楚每個步驟，還因此放慢了影片的播放速度▶II，然後……她便睡着了。

麗螢拿着那包甚至沒有開封的珠子，坦蕩蕩地請求：「其他事情我可以任勞任怨，唯獨串珠我實在沒有天分也沒有興趣，請放我一馬。」

繪鈴聽到她的自白，難以置信地叫嚷：

「你也太沒誠意了，好歹拆開來試試看啊？」

麗螢指着繪鈴那幾張設計圖，掩着偷笑的嘴巴挖苦：「你的『誠意』看來和我不相伯仲。」

繪鈴不滿地**反駁**：「我有好好嘗試過啊！然後呢，就是啊，『IF』推薦我其他短片……」

繪鈴一開始**雄心壯志**找了很多教學影片和文章，然而看着看着……就被其他有趣的東西吸引過去，珠子也只是穿了幾顆。她愈解釋愈**心虛**，後來更是直接扯開話題：「你們看，這是以天鵝湖作為靈感的最新服飾呢——」

「唉……」

彩羽輕輕一聲**嘆息**，繪鈴和麗螢立即正襟危坐，不再東拉西扯。

出乎意料，彩羽沒有責怪她們，而是非常尷尬地說：「我其實也不遑多讓……」

她翻找一下書包，拿出自己的練習成果。她花了一整晚時間，終於依照教學影片弄出了一頂款式非常簡單的串珠皇冠，可是形狀歪七扭八，不太美觀。

雖然如此，繪鈴和麗螢仍然用力拍手，賣力誇讚：「彩羽好厲害啊！比起我們毫無成果，實在厲害太多了！」

彩羽搖頭擺手，全力否認她們的討好，認真又擔心地問：「如果你們是四小天鵝，收到這頂皇冠會接受嗎？」

熱烈的掌聲立即冷卻下來，三位女孩抬

頭看看白板上**華麗閃亮**的設計圖，再低頭看看桌面上不成形狀的小皇冠，不由得重重嘆了口氣。

「唉……」

實在相差太遠了，先不説會被客人**投訴**貨不對辦，她們也沒辦法昧着良心將與當初承諾完全不像的東西交出去。

經過這次挑戰，繪鈴、彩羽和麗螢切身感受到，串珠比她們想像中**複雜**得多，是一門心思細密、工多藝熟的手藝。再説，繪鈴的皇冠設計圖是獨家原創，如果真的要動手製作，便必須自行分析設計圖結構，拆解每個串珠步驟，那可不是她們這種**初學者**辦得來的事，誰也沒有概念究竟要怎麼處理。

正當大家懊惱不已之際，麗螢的電話忽然震動起來。

她看看熒幕上的時間和通知，開始收拾東西，跟繪鈴和彩羽道別：「今天我有拍攝工作，姊姊已經在校門等我，我要先走了。」

繪鈴有見及此，也索性宣布課外活動結束：「今天就先這樣吧，反正沒有進展，而且彩羽研究了一整晚也累了。」

彩羽倒是提議：「回家前我還想去手作素材店看看，畢竟還沒選定正式使用的珠子。」

三個女孩就在校門前道別。天氣太冷了，繪鈴和彩羽買了兩盒紙包熱飲，一邊享受着暖

洋洋的荳奶，一邊漫步往手作素材店。

二人談天說地了一會，繪鈴忽然想起一件事：「對了，今天有沒有找到那個兇巴巴女孩呢？我找過其他課室，還特意跑到圖書閣看看，都沒有發現。」

彩羽想到她嬌小的個子，不由得猜想：「說不定是低年級的同學？要是星期五仍找不着，就只能把掛飾交到校務處……咦？你快看看那邊！」

繪鈴和彩羽走進露天廣場，居然再次碰見那位兇巴巴女孩！

只見她看起來有點焦躁不安，身邊還有一個正在哇哇大哭的小孩子。

難……難道那女孩在欺負小孩？

第三章
被隱藏的愛好

明明繪鈴和彩羽在學校找了又找，還是緣慳一面的人，沒想到居然會在露天廣場遇上。

只是，目前情況好像有點令人**在意**？

兇巴巴女孩在哇哇大哭的小孩面前蹲下來，她看看小孩身穿一件恐龍圖案的衣服，於是帶點害羞地說：「看好了，姐姐要變一隻恐龍出來囉。」

聽到這番話，小孩果然十分好奇，只見眼前這個大姐姐從書包抓出一堆綠色的小圓珠，手腳俐落地用絲線將它們串連在一起，看着絲線繞來繞去，一雙恐龍爪漸漸成形，小孩看得忘我，不知不覺止住了哭泣。

最後，兇巴巴女孩打了個結，並用剪刀剪斷

了多餘的絲線，一隻小恐龍正式**誕生**了！正當她把串珠小恐龍送給小孩的時候，一位太太慌慌張張地趕過來。

太太抱起小孩，連聲跟兇巴巴女孩道謝，小孩亦終於**破涕為笑**——原來兇巴巴女孩正在溫柔地照顧迷路的孩子，陪他一起等候家長！

繪鈴和彩羽在一旁目睹了整個過程，之前難相處的印象一掃而空。彩羽鼓起**勇氣**，拉着繪鈴走上前和她打招呼：「你好呀，之前我們在手作素材店撿到了這個……」

兇巴巴女孩原本還一臉防備，然而當她看到彩羽拿出她的貓咪掛飾，立即乍驚乍喜，**激動**得緊握彩羽的手，連聲道謝。

謝謝你，我還
以為永遠找不
回來了！

兇巴巴女孩不再兇巴巴，使原本躲在彩羽身後的繪鈴也放膽起來，嘗試搭話：「剛剛我們看到了，原來你真的會串珠，很厲害呢！有興趣加入我們的手作小組嗎？」

沒想到她一開口邀請，兇巴巴女孩的笑容就僵住了，好像被人發現了什麼不能曝光的秘密一樣，立即和她們保持距離。

看到那女孩態度轉變，彩羽連忙安撫：「對不起，我們太唐突了，不過有些事情想請教你……」

繪鈴恍然大悟，說不定就像彩羽所說，她太唐突了──為了表現自己滿懷友善，她更加熱情地自我介紹：「我是繪鈴，她是彩羽，手作小組還有一位成員叫麗螢！我們的活動地點就在家政準備室——」

兇巴巴女孩徹底被繪鈴的**熱情**嚇倒了，又變回一頭兇巴巴的貓咪，大聲否認：「我一點也不懂串珠，別來煩我了！」

接着，兇巴巴女孩**氣沖沖**地轉身離開。

繪鈴再一次嚇得躲回彩羽身後，唯獨目睹過對方**溫柔**的一面，繪鈴深信可能當中有什麼誤會而已。

可是，還能說什麼話令對方感興趣留下來呢？眼見對方快要離開，繪鈴連忙把想到的優點統統介紹：「家政準備室三不五時會有甜點，對了——聽說明天會有**布丁**啊！」

此話一出，兇巴巴女孩剎住了腳步。

可惜最後她還是用力**撇撇頭**，繼續頭也不回地離開了。

繪鈴百思不得其解，沮喪又委屈地反省：「嗚……我應該沒有說出惹人討厭的話才對，為什麼她忽然**冷淡**起來了？」

彩羽也想不通，只好苦笑地**打圓場**：「要是有機會和她聊一聊就好了。」

彩羽一邊拍着繪鈴的肩膀，一邊目送兇巴巴女孩，內心總覺得十分**奇怪**——為什麼要堅持隱藏自己的愛好？想起來，她們還未知道這個女孩的名字呢。

兇巴巴女孩一鼓作氣跑回家。她換過衣服、洗過了臉，正想躲進房間休息，忽然媽媽高興地叫住了她：「詩織，你回來得正好，我在和貓貓城鎮的鄰居婆婆**視像通話**呢！」

貓貓城鎮的鄰居婆婆？

詩織聽見，一雙眼睛變得**閃閃發亮**。媽媽體貼地讓出座位，詩織立即跑到茶几面前，恨不得整張臉塞進電話熒幕裏，激動地打招呼：「婆婆，好久不見了！」

詩織從小就在**貓貓城鎮**長大，她家的隔壁住了一位慈祥可親的老婆婆。那時候，其他住在附近的孩子都喜歡到**公園**跑跑跳跳，只有詩織喜歡跑到這位鄰居婆婆家裏玩。

記憶中，鄰居婆婆總是笑瞇瞇地從老舊的木櫃裏拿出茶點，和藹地教她串珠。詩織還記得鄰居婆婆家的客廳掛着一個**風鈴**，偶然會隨風叮噹作響，那段悠閒的時光令人十分懷念。

後來，因為詩織的爸爸工作調遷，舉家搬來了**夢想城鎮**定居。貓貓城鎮距離這裏好遠好遠，詩織已經好久好久沒和鄰居婆婆見面了。

沒想到現在再一次看到鄰居婆婆笑瞇瞇地問候：「哎呀，這不是小詩織嗎？看到你**精神奕奕**的樣子，真是太好了呢。」

詩織也一樣，看到鄰居婆婆仍然健健康康，開心得快要**喜極而泣**。她們用着貓貓城鎮的語言來溝通，詩織興高采烈地向鄰居婆婆展示自己的串珠作品。

鄰居婆婆也相當高興地**誇讚**：「小詩織很聰明呢，那時候婆婆教的都是基本技巧，沒想到現在你連娃娃都懂得串起來了。」

聊着聊着，詩織忽然想到一件事——搬家之前，媽媽留下了**聯絡號碼**，當時鄰居婆婆感嘆地說了一句：「現在的科技呀……太先進了，婆婆實在學不懂，可能沒辦法和你們聯繫了。」

如今鄰居婆婆就在電話**熒幕**裏，詩織不禁疑惑地問：「婆婆為什麼會懂得視像通話呢？」

不知道是否訊號接收不佳，鄰居婆婆好像沒有聽見，只呵呵笑了兩聲，繼續問候近況：「小詩織在夢想城鎮生活得**開心**嗎？在學校有沒有交到朋友啊？」

詩織不禁想起繪鈴和彩羽，原本高興的表情立即**冷淡**下來，小聲地抱怨：「遇到一些很奇怪的女孩子……她們邀請我加入什麼手作小組，我才不想理會她們。」

鄰居婆婆惋惜地追問：「為什麼？莫非小詩織仍然因為『那件事』**耿耿於懷**嗎？」

沒想到鄰居婆婆會忽然提起「那件事」，詩織有點不知所措。她不想解釋，也不想撒謊，於是鼓起腮子，逞強地說：「反正我現在隨時也可以和婆婆視像通話！我只要有婆婆和娃娃們就足夠了，沒有朋友也沒關係！」

詩織忽然鬧脾氣了，鄰居婆婆卻一點都沒有生氣。她慈祥地笑了一會，然後溫柔又慢吞吞地說：「我也很高興可以和小詩織聊天呢。」

聽到鄰居婆婆認同自己，詩織喜出望外，鄰居婆婆卻繼續說：「只是啊，你不能因為網絡的便利而忽略了現實生活中待你友善的人，她們說不定是詩織期待已久的朋友呢，試着踏出一步，互相了解看看吧？」

後來鄰居婆婆說時候不早，她要準備晚飯，於是結束了視像通話。

詩織回到房間，悶悶不樂地抱住了貓咪毛娃娃。

她對着放在牀邊的其他毛娃娃，不自覺傾訴心事：「你們說啊，我該不該試試和那些女孩做朋友？」

雖然詩織認為鄰居婆婆說得沒錯，可是她實在很擔心——

萬一她又再次因為喜歡串珠而被嘲笑，怎麼辦？

一想到這裏，某個男孩子的身影便隨即在詩織腦海出現，詩織立即生氣得牙癢癢。

詩織仍然住在貓貓城鎮的時候，有一個名叫「慶太」的男孩子，他偶然也會跑來鄰居婆婆的家。慶太有時候是**踢足球**踢得累了，有時候則是天氣太熱了，於是來這裏乘涼，鄰居婆婆總是細心地替他抹走臉上的污泥和汗水。

慶太對串珠不感興趣，他大多時候會無聊地對着**風扇**怪叫或吃**西瓜**，偶爾又會頑皮地偷偷藏起詩織的珠子。雖然三不五時惹得詩織追着他打打鬧鬧，可是總括而言關係其實不錯。

直到詩織告訴慶太她要搬家後，慶太的態度便**翻天覆地**般改變了。

當時詩織親手製作一條串珠飾物，打算送給慶太作為道別禮物。沒想到慶太居然拒絕了，還大聲嘲笑她：「誰要跟你這個整天都在串珠，古古怪怪的女孩做朋友呢！那麼古怪的東西我才不稀罕！」

雖然事隔已經一段日子，可是每每想到慶太那番話，詩織依然傷心得眼泛淚光。

那番話實在太傷人了，導致詩織來到夢想城鎮後，不敢再主動和別人做朋友。她很擔心別人知道自己喜歡串珠，也很害怕別人嘲笑她是個怪女孩，她把那顆渴望交朋友的心關上了，並小心翼翼隱藏串珠這份愛好。

如今詩織身在昏暗的房間中，慶太那令人記憶猶新的憤怒表情，不知不覺換成繪鈴活潑開朗的笑臉。

詩織不禁抱緊了懷中的**貓娃娃**，十分苦惱地問：「手作小組的女孩……她們真的可以信任嗎？」

第四章
放學後的躲貓貓

隔天的小息時間，詩織在人來人往的學校走廊發現了繪鈴和彩羽。她們正在談天說地，似乎還沒有看到站在不遠處的詩織。

鄰居婆婆語重心長的關懷仍猶在耳，詩織正在猶疑，究竟要不要走上前示好的時候，繪鈴忽然轉過頭來看這邊了！

繪鈴在走廊四處張望一會兒，不禁疑惑地問麗螢：「剛才是不是有人一直盯着我們？」

只見同學們閒聊的閒聊，走路的走路，大家都專注做自己的事，難道是她的錯覺嗎？

麗螢一直看着走廊轉角，興味盎然地摸着下巴說：「沒有啊，什麼也沒有。」

這個時候，詩織早已逃之夭夭了。她

一顆心臟嚇得怦怦亂跳，剛才差一點點就被繪鈴發現，她還沒有心理準備面對呢！

她一口氣跑到前往天台的樓梯轉角，坐在梯間休息了一會，便拿出珠子與絲線，埋首串起珠來，獨自樂在其中。這裏是她的秘密小天地，不僅寧靜，也沒什麼人經過，可以讓她安心做自己的事，不用害怕有人來打擾。正因如此，早陣子繪鈴和彩羽才會尋遍校舍也找不着她。

不過，詩織也下了小小的決心，如果下次她再碰見手作小組女孩的話，就鼓起勇氣，好好和她們打招呼吧……

結果，直到放學鐘聲宣布這天的上學日結束了，她始終鼓不起勇氣，沒辦法主動去找繪鈴她們。

詩織因為自己的膽小而**苦惱**，然而很快又搖搖頭自我開解：不是有明天嗎？明天上學也會遇到啊！反正學期完結前都總有機會吧？

她一心打算**逃避現實**，背起書包踏出課室門口一步，沒想到竟然就與繪鈴、彩羽和麗螢碰個正着！

彩羽率先溫柔地打招呼：「原來我們是同級生呢。」

繪鈴早已把之前的**委屈**忘光光了，熱情又大聲地說：「太好了——終於遇見你了！」

繪鈴的聲音實在太大，碰巧又是放學時間，整條走廊都是人群，大伙兒的**目光**都被她爽朗的聲音吸引過去，連帶詩織也成了眾人焦點。

詩織緊張得握緊了書包肩帶，羞紅了臉，繪鈴絲毫沒有察覺，繼續自顧自說：「對了！今天活動室——咦？我還沒說完，別跑啊！」

詩織一聲不響，一溜煙似的跑走了！她實在沒辦法待下去，一來她還未準備好踏出一步認識對方，二來假如繪鈴在眾目睽睽之下公開提及串珠的事怎麼辦？

她跑到樓梯前，原本打算安全至上慢慢走，沒想到繪鈴的呼叫聲愈來愈近。她回頭一看——繪鈴、彩羽和麗螢竟然追上來了！

詩織嚇得再次拔足狂奔，驚慌之下，走廊不許奔跑的校規此刻都被她拋諸腦後。

她慌不擇路，誤打誤撞跑進園藝區。這個時候繪鈴她們也趕來了，詩織左看看右看看，忽然發現四周全是花圃，無路可逃。

繪鈴跑得氣喘如牛，斷斷續續地說：「終於……追上你了，到底為什麼要逃啊？」

彩羽挨在旁邊的柱子喘息，不忘勸說繪鈴：「就跟你說別……別追了……這樣會適得其反啦！」

在園藝區照顧花草的柏朗，眼睜睜看着四個女孩飛快地跑來這裏，深感莫名其妙。他有點為難地問：「你們下次借用場地可以預先通知一聲，好等我收拾一下嗎？園藝區有好多小工具，不小心弄傷你們可麻煩了。」

繪鈴搖頭擺手，她仍然上氣不接下氣，十分艱辛才能吐出聲音：「不，不是這樣……」

她說話沒頭沒尾，柏朗不太明白她想表達什麼，只好繼續抒發己見：「再說了，冬天的植物大多不開花，拍不出漂亮照片可別怪我啊？」

不知為何，麗螢似乎對這話題很感興趣，無視狀況閒聊起來：「你不覺得枯萎了的植物也有別具一格的氣氛嗎——」

突然間，有人大叫了一聲。眾人順着聲音望去，只見詩織站在園藝區最裏頭，雙拳緊握，豆大般的淚珠一顆一顆掉下來。

　　詩織抑壓在內心的疑惑和不安，終於**爆發**了。她一邊哭哭啼啼，一邊質問窮追不捨的女孩們：「你們為什麼要像看到奇珍異獸一樣追着我？是來嘲笑我嗎？沒錯——我就是個整天都在串珠，古古怪怪的女孩子，儘管嘲笑我吧！我就是喜歡串珠啊，不行嗎？」

沒想到詩織忽然大哭起來，一時間大家都有點不知所措。

柏朗首先回過神來，滿不在乎地吹口哨，卻又偷偷對繪鈴解釋：「我沒有覺得你畫畫這興趣古怪啊！」

繪鈴一雙眼睛眨巴眨巴，始終不明白柏朗為什麼忽然解釋，莫非他也知道自己有時候太過分，惹得她很生氣嗎？

彩羽走到詩織身邊遞上紙巾，輕聲細語地安慰：「我們沒有這個意思，難道曾經有人這樣嘲笑你嗎？那也太可怕了，如果是我聽到那些説話，也一定和你一樣**傷心**啊。」

繪鈴也不好意思地抓抓頭，跟詩織道歉：「對不起，我太熱情嚇壞了你。其實啊……我們只是想邀請你一起到家政準備室而已，今天老師用上課餘下的材料準備了**點心**啊。」

彩羽擔心再次逼哭詩織，連忙勸阻：「今天就算了吧？人家才不會因為點心而輕易答應。」

麗螢冷不防補上一句：「是梳乎厘班戟啊。」

詩織低頭考慮了一會兒，最後小聲地說：「如果是**梳乎厘班戟**的話……」

沒想到詩織居然紅着臉點頭答應了！三位女孩喜出望外，馬上帶着詩織一起離開。

當繪鈴經過柏朗身邊，忽然**靈光一閃**，跟他道謝：「謝謝你借花圃給我們拍照呢，下次老師焗**曲奇餅**的話，也送你一些吧！」

柏朗不知為何滿臉通紅，沒有答應也沒有拒絕，只慌慌張張催促她們：「沒要事就快點走，別打擾我灌溉了！」

什麼嘛！還以為他會跟詩織一樣高興呢！繪鈴頓時覺得浪費了**一番好意**，有點不高興地鼓着腮幫子離開了。

繪鈴、彩羽和麗螢帶着詩織來到家政準備室，同時也是手作小組活動室。詩織第一次走進這房間，她有點**戰戰兢兢**，又充滿好奇地觀察四周，只見房間大部分都是廚房用具，當中劃分出一個小角落，滿佈三個女孩奮鬥的痕迹——

布碎、線頭、紙樣還有各種畫具、化妝品亂中有序地堆放在一起，詩織看着看着，她的目光忽然越過了所有雜物，停留在一塊白板上。

白板同樣堆滿了各類設計圖與待辦事項表，唯獨一張貼在中央的串珠皇冠設計圖尤其顯眼，深深吸引着詩織。

她不禁衝口而出：「好漂亮的設計啊……」

聽見她的**讚賞**，繪鈴十分高興地道謝：「謝謝你，這是我的最新傑作呢！」

麗螢毫不客氣地補充：「也是我們的最新難題。」

最新難題？只見繪鈴一臉尷尬的模樣，詩織還未及開口詢問，彩羽已端來了點心，微笑

提議：「這可能有點說來話長了，我們一邊吃一邊聊吧。」

詩織一邊品嘗美味的甜品，一邊聽着手作小組成立至今所經歷的故事。看着樂天的繪鈴、溫柔的彩羽和酷酷的麗螢，三人你一言我一語，使詩織不自覺泛起羨慕的目光。

手作小組的女孩——真的可以信任嗎？詩織不禁想像，如果她加入了手作小組，是不是也可以像她們一樣，和**志同道合**的朋友一起開開心心、說說笑笑呢？

詩織呆得出神，忽然聽到繪鈴問了一句：「你覺得怎樣呢？」

彩羽察覺到她剛才心不在焉，於是仔細再問一遍：「你覺得那幅皇冠設計圖，真的可以實現嗎？」

詩織再次抬頭望向白板中央的設計圖，認真地研究一番，腦內漸漸有了構想，要採用什麼款式的珠子，絲線要怎麼穿梭交織，愈深入去想愈躍躍欲試。只要與串珠有關，詩織的眼睛立即變得炯炯有神，她沉醉良久，才想起大家正在等着她回應。

她乾咳兩聲強裝鎮定，客觀地總結：「這構圖的確很複雜，連我也覺得充滿挑戰，初學者要完成的話應該會覺得更困難。」

聽到連擅長串珠的詩織也這麼說，繪鈴和彩羽忍不住垂頭喪氣，麗螢也陷入沉思，這個房間的氣氛不知不覺沉寂下來。

詩織欲言又止了幾次，最後深呼吸一下，鼓

起勇氣主動建議：「說不定我可以幫上忙……」

她還沒說完，繪鈴和彩羽已經**欣喜若狂**地追問：「真的嗎？你願意加入手作小組？」

詩織仍然很不習慣她們的熱情態度，一下子**羞怯**起來，慌張地東拉西扯：「我只是看在班戟的份上，才和你們暫時合作——是暫時啊！」

繪鈴和彩羽高興得**手舞足蹈**，即使暫時也很好，總之有人來幫忙，她們終於不用提心吊膽會失信於人了！

麗瑩沒有加入她們的轉圈圈慶祝活動，而是**優雅**地餐後抹嘴，並朝詩織伸出手，客氣地與她交談起來：「謝謝你，說起來我們還不知道你的名字呢？」

詩織伸手握回去，像極了大人洽談生意般，有點拘謹地自我介紹：「叫我詩織就好。」

當她以為握手完畢，麗螢卻沒有打算放手，而是默默凝望了她一會，一臉認真地反問：「剛剛在園藝區不是很有氣勢的嗎？」

沒想到麗螢會忽然提及剛才的事，她究竟想說什麼？想嘲笑詩織哭哭啼啼的模樣？還是抱怨詩織曾經如此抗拒和手作小組接觸呢？詩織腦內浮現了很多憂慮，唯獨她統統猜錯了。

麗螢握緊了詩織的手，誠懇地告訴她：「不要憑別人一句話就否定自己喜愛的事物，你應該堂堂正正告訴那些嘲笑你的人，你的愛好並不是值得羞恥的事，要為這技藝感到自豪才對。」

第五章
天鵝公主的皇冠

幸好有詩織仗義伸出援手，串珠皇冠終於可以**順利**製作。

無論是技術還是材料的運用，詩織都得心應手。繪鈴、彩羽和麗螢最初只選定一種珠子，詩織卻膽大心細地提議將幾種不同的珠子配搭起來，各有特色的珠子**交相輝映**，令原本設計華麗的皇冠更為精緻了！

串珠皇冠交給詩織製作後，彩羽也可以安心繼續完成大褸，繪鈴和麗螢則肩負起**打掃**家政室的任務，好讓詩織和彩羽可以專心一致地趕製服飾。

眾人**齊心協力**，終於順利趕上和四小天鵝約定的期限了！

繪鈴、彩羽和麗螢約好四小天鵝在**車站**碰面，也邀請了詩織一起前往。詩織自覺並非手作小組的真正組員，原本打算拒絕，但繪鈴笑逐顏開地說：「親手將作品送到客人手上時，那種**滿足感**比完成作品更強烈呢！」

她說得整個人都在閃閃發亮，令詩織頗好奇那究竟是什麼樣的體驗，於是答應一同前往。

四位女孩來到車站，小天鵝們已經早到一步。詩織第一次與**童話人物**近距離接觸，感覺新奇又緊張。

彩羽遞出包裝成禮盒的服飾，微笑地說：「因為我們知道這些是送給白天鵝公主的服飾，所以包裝成**禮物**了。」

蘋果小天鵝相當驚喜地道謝：「謝謝你們，真的是一群貼心的孩子啊！」

藍莓小天鵝十分期待地猜想：「公主殿下會不會喜歡這份禮物呢？」

香蕉小天鵝有點擔心地祈求：「如果公主殿下能夠感受到我們的鼓勵就好。」

蜜瓜小天鵝信任有加地決定：「既然已經包裝成禮盒，那我們也不即場拆開檢查了。」

後來，繪鈴、彩羽、麗螢和詩織一起目送四小天鵝乘車離開。

看到四小天鵝捧着禮盒，興高采烈的模樣，詩織有一種滿足感油然而生，縱使寒風撲面，內心仍然暖烘烘。她好像可以理解到繪鈴所說的「比完成作品更滿足」是什麼回事，自己的作品能夠獲得別人欣賞，這感覺實在太令人着迷了。

詩織看着在前方有說有笑的繪鈴、彩羽和麗螢，突然醒覺到——合作已經**結束**了。她察覺到這個事實後，強烈的失落感湧上心頭，她立即撇撇頭要自己保持成熟。明明由自己提出只是暫時合作，現在又怎麼可以**依依不捨**？

繪鈴好像察覺到她的目光，主動停下腳步，回頭說：「聽說明天就是天鵝湖聚會了，剛好我們學校也舉辦**聖誕聯歡會**。」

接着，彩羽微笑邀請：「聯歡會結束後，可以過來活動室一趟嗎？」

詩織感到很**奇怪**，串珠皇冠已經交給四小天鵝，照理她已經沒有待在那裏的理由了啊？只是，繪鈴、彩羽和麗螢都不願意告知她原因，無論她怎麼追問，她們也只是故作**神秘**地說：「明天過來你就知道了。」

詩織唯有按捺住一顆好奇心，好不容易撐到明天，心不在焉地度過聯歡會，終於再次來到活動室。她忐忑不安地打開門，手作小組的女孩們早就在這裏等候了。

繪鈴熱情地上前拉着她的手進門，彩羽則鄭重地宣告：「謝謝你這段時間仗義幫忙，我們準備了一份禮物給你。」

麗螢捧着一條非常精美的**裙子**走過

來，正是早陣子繪鈴設計的天鵝湖系列！

詩織呆望着大家和裙子，感動得**眼泛淚光**，她沒想到大家讓她有機會一展所長之餘，還會收到大家用心製作的禮物。

繪鈴**急不及待**地說：「快試穿一下，看看合不合身？」

詩織激動地點點頭，但當她打算拿着衣服到白板後方更衣時，又忽然**停在原地**。大家以為她不願意試穿，緊張地等了又等，才聽見詩織害羞又小聲地坦白：「只有我一個人穿得那麼漂亮，有點難為情……」

三個女孩恍然大悟，立即跑到**衣架**前取出同一系列的衣服，笑逐顏開地齊聲說：「那麼，我們一起打扮得漂漂亮亮吧！」

繪鈴、彩羽、麗螢和詩織一起穿上天鵝湖系列的衣服，看到彼此都打扮得十分可愛，大家忍不住互相稱讚，情緒相當高漲，手作小組活動室登時十分熱鬧。

不知道是誰提議來一張自拍合照，當四位女孩擺好了姿勢，麗螢舉起電話準備按下快門的前一秒，詩織緊急叫停。

她的視線越過熒幕，難以置信地指着窗邊，嚇得花容失色：「為什麼串珠皇冠還在這裏？」

其餘三位女孩立即朝窗邊張望——串珠皇冠真的仍然放在窗邊，冬日暖和的陽光照得它閃閃生輝！

串珠皇冠明明應該和大褸一起放在禮物裏才對，眾人馬上回想，記憶中負責包裝禮盒的人是……

大家**迅速**望向繪鈴。

繪鈴感受到大家灼熱的目光，這才想起自己就是那個負責包裝的人。她一邊不安地把玩着手指，一邊心虛地回想：「串珠皇冠太漂亮了，我忍不住三番兩次拿出來欣賞，可能因此忘了放回去……」

眾人聽見她的自白，實在無言而對。

繪鈴慢了好幾拍才懂得陷入恐慌，抱頭大叫：「對不起！現在怎麼辦？」

彩羽立即將串珠皇冠收進袋子裏，冷靜地說：「幸好天鵝湖聚會在下午舉行，現在趕過去應該來得及！」

詩織拉拉身上的裙子，慌慌張張地說：「可是，衣服……」

麗螢亮出乘車預報程式，不慌不忙地說：「下班車還有六分鐘到站，錯過了要再等一小時。」

沒時間更衣了！四個女孩**匆匆忙忙**收拾一下，便立即乘車前往天鵝湖城堡，將串珠皇冠親手送過去。她們趕到現場，恰好便看到四小天鵝將禮盒遞給白天鵝公主的一幕。

蘋果小天鵝搶先坦白：「我們都聽說王子**移情別戀**的事了！」

藍莓小天鵝立即安慰：「公主殿下請不要傷心，殿下身邊還有我們啊！」

香蕉小天鵝說明心意：「我們準備了這份禮物，希望公主殿下重新**振作**！」

蜜瓜小天鵝最後總結：「無論如何，公主殿下依然是最溫柔、最善良、最漂亮，大家最喜歡❤的殿下！」

白天鵝公主十分驚喜地接過禮盒，感動地說：「真的非常謝謝大家的心意——可是，我沒有失戀啊？」

不僅是四小天鵝，站在不遠處的繪鈴、彩羽、麗螢和詩織也非常錯愕。

白天鵝公主優雅地笑着說：「你們一定是在網絡上看到王子和黑天鵝公主的流言吧……哎呀，他們出現得很合時呢！」

她指指後方，四小天鵝回頭一望，沒想到王子和黑天鵝公主也來了天鵝湖聚會！白天鵝公主略為解釋一下狀況，王子和黑天鵝公主立即齊聲否認傳聞：「我們只是受白天鵝公主邀請，一同去採購聚會用的食物與佈置用品而已。」

蘋果小天鵝仍然有疑問：「可是，為什麼早陣子我們看到公主殿下悶悶不樂？」

白天鵝公主回想了一下，有點尷尬地回答：「那時候我在煩惱要送什麼禮物給大家呢，畢竟我也希望大家收到最喜歡的東西啊。」

所有疑問都有了合理解釋，四小天鵝不禁鬆一口氣──太好了，原來是虛驚一場！

黑天鵝公主沒有介意大家對她的誤會，反而非常理解四小天鵝，懊惱地說：「網絡是一個大家都能暢所欲言的公眾地方，所以有時候難免會出現一些流言和傳聞，真真假假的消息混在一起，很難分辨真偽。」

無端成為花心蘿蔔的王子，**委屈**地說：「如果流言是跟身邊的人有關，不妨親自詢問本人呀？你們應該來問問我，我一定會用盡方法告訴大家，我是多麼深愛着白天鵝公主！」

白天鵝公主溫柔地給小天鵝們一個**擁抱**，並耐心地教導：「另外也可以檢查一下發放消息的機構和專頁是否可信，記得面對各種網上流傳的消息時，要保持冷靜，多多**思考**呢！」

藍莓小天鵝點點頭，高興地說：「既然流言和**誤會**都解開了，我們終於可以高高興興地聚會了！」

這次倒是輪到白天鵝公主充滿好奇了，她指指躲在雪人後方的繪鈴、彩羽、麗螢和詩織，友善地問：「那邊的小女孩，是你們的朋友嗎？」

四小天鵝看到網店的女孩們，立即吃驚地大叫：「為什麼你們在這裏？」

繪鈴不好意思地抓抓頭，主動走上前坦白自己的過失，並誠心地向四小天鵝和白天鵝公主道歉。

白天鵝公主一看到串珠皇冠便相當喜歡，由衷地稱讚：「這份禮物實在太美了，我可以現在就穿上嗎？」

於是，四小天鵝幫忙打開禮盒，將大褸披到她身上，又將串珠皇冠戴到她頭上。一想

到這是四小天鵝充滿關懷的禮物，白天鵝公主頓時感到身心都暖洋洋起來。

她朝繪鈴、彩羽、麗螢和詩織微笑，並大方邀請：「謝謝你們製作出那麼精緻的服飾，既然一場到來，我誠邀大家一起參加聚餐！」

機會難得，繪鈴、彩羽、麗螢和詩織異口同聲爽快答應。

她們與天鵝湖的童話人物成為了朋友，一起在冰湖上吃喝玩樂，後來她們又模仿四小天鵝的舞姿，擺出經典姿勢來拍了幾段連續短片上載到「IF」，玩得不亦樂乎。大家度過了一個愉快的下午，歡笑聲在寒風中不斷傳播，快樂的氣氛彷彿能抵禦冬季的嚴寒與冰雪。

第六章
貓咪般的編織師

夢想城鎮正式踏入**寒假**。

這天詩織不用上學，正在與貓咪城鎮的鄰居婆婆視像通話。雖然距離天鵝湖聚會已經過了好幾天，可是詩織仍然記憶猶新，**眉飛色舞**地描述給鄰居婆婆聽。

鄰居婆婆默默聆聽完畢，非常欣慰地說：「太好了，看來小詩織交到一群好朋友呢。」

「**好朋友**」這三個字讓詩織變得心事重重，她擔心地問：「我真的可以和她們做朋友嗎？萬一她們看到我只懂串珠，覺得我很古怪……」

鄰居婆婆只呵呵地笑了兩聲，忽然轉個話題：「說起來，上次小詩織是不是問我為什麼忽然懂得上網和**視像通話**？」

詩織差點就忘了這回事，現在對方主動提起，好奇心也被喚醒過來。對啊，究竟為什麼呢？

鄰居婆婆沒有回答，而是朝鏡頭外招手。不一會，一隻黃色虎紋貓便生硬地走進畫面，坐在她身旁。詩織臉頰立即漲紅起來，驚訝得抓緊電話湊近再三看清楚——真的是慶太！

現在，鄰居婆婆終於揭曉答案：「其實是小慶太教我的啊！小慶太，你是不是也有說話要跟小詩織說呢？」

慶太最初倔強地不看鏡頭，然而猶疑了一會，還是鼓起勇氣望向熒幕裏的詩織。詩織緊張得心臟怦怦亂跳，她最後一次與慶太見面是那麼不愉快，如今慶太會想和她說什麼——

「詩織，**對不起**。」

慶太低着頭，誠懇地向她道歉。

詩織的記憶中，慶太的尾巴總是充滿活力地搖擺，現在卻**沒精打采**地垂在地上，顯然他真的十分失落。雖然事隔已久，慶太依然相當內疚，努力地解釋：「當時我並不是想嘲笑你，只是不願接受你搬家的事實。那時我在想，假如我不接受你的道別禮物，你是不是就會留下來……」

結果，詩織仍然搬走了，留下的只有不歡而散的**遺憾**。

慶太一雙耳朵都垂得低低的，再次道歉：「就算再難過、再生氣，我也不應該隨便**出口傷人**，害你一直耿耿於懷，真的很對不起！」

電話裏頭的慶太，垂頭喪氣的樣子十分可憐。沒想到隔了那麼久，竟然收到對方的道歉，詩織眼泛淚光，鼓起勇氣問：「慶太，我們真的還是朋友嗎？」

慶太急忙回答：「我一直都是你的朋友啊！只要你願意原諒我……」

詩織聽到這句話，立即破涕為笑：「嗯，我原諒你了！」

慶太和詩織雖然隔着電話熒幕，這一刻卻好像打破了現實的距離，他們彷彿回到過往的日子，一起在鄰居婆婆的家中玩耍嬉戲。

鄰居婆婆看到他們和好如初，感慨地說：「婆婆我啊，小時候如果朋友搬家了就只能寄信呢，一些簡單的近況都得等上一個月或是更多時間，有時候甚至不知道信件有沒有好好寄到對方手裏。」

慶太和詩織實在沒辦法想像，**永無休止**的等待究竟是什麼心情。畢竟這個世代，就連對方有沒有看到訊息也可以立即知道。

鄰居婆婆經歷過資訊不流通的年代，如今見證慶太和詩織**和好如初**，對她而言格外珍貴。她感動地說：「現在不用等待，就能看到你倆重拾笑容……網絡這回事呀，真方便呢！」

這個時候，詩織的媽媽**催促**着說準備外出了，詩織不得不和他們道別。

通話掛斷前，詩織想起了麗螢的鼓勵，於是

鼓起勇氣告訴慶太：「我真的非常喜歡串珠，無論別人說什麼，我都不會再輕易沮喪了！」

慶太也因為她的堅強而感到釋懷又開心，不忘叮嚀：「你要好好和大家做朋友啊，待你哪天回來貓貓城鎮，我們再一起玩吧！」

詩織當時堅定地點點頭。不過寒假結束後，詩織來到活動室的門口，始終沒勇氣推門進去。

她蹲在門口旁邊，拿出串珠貓娃娃吊飾，沮喪地說：「明明慶太和婆婆都這麼鼓勵我，我還在拖拖拉拉，真是個膽小鬼呢。」

接着，她扮成貓娃娃的聲音，鼓勵自己：「不用擔心，那三個都是善良的女孩子，絕對會喜歡詩織啊！」

詩織果真受到**鼓舞**一樣，稍微提起精神地問：「真的？」

然後貓娃娃點點頭，說：「站起來，堂堂正正告訴大家，你希望正式加入手作小組！」

詩織**一鼓作氣**地站起來，乍然發現麗螢就在旁邊看着她！

詩織震驚得後退數步，結結巴巴地問：「你……究竟什麼時候在……」

麗螢不假思索回答：「大概就在『明明慶太和婆婆都這麼鼓勵我……』的時候。」

竟然被撞破跟娃娃聊天，詩織立即滿面通紅，老羞成怒地大叫：「不就一開始就偷聽嗎！」

詩織慌惶失措，反觀麗螢神色自若地解釋：「我打從一開始就站在這裏，等待繪鈴拿鎖匙開門，是你沒有發現我而已。我看你有點緊張，所以在想你可能需要點心理準備，就沒主動打招呼——」

詩織忽然感到自己有點小題大做了，明明人家那麼溫柔……正當她再次認定手作小組的女孩都很善良，冷不防麗螢半掩嘴巴，裝作驚訝續說：「沒想到你會寂寞到和娃娃聊天就是了。」

詩織立即像貓咪一樣**炸毛**了！她尷尬得高聲否認，沒想到這個時候繪鈴和彩羽也恰好來到了。

繪鈴悄悄走到詩織身邊，將冷冰冰的手貼在她臉頰，惡作劇地大叫：「請你食**凍柑**！」

突如其來寒冷刺骨，害詩織嚇了一跳。詩織淚眼汪汪地重新環顧眼前這些女孩，不消片刻就被這幾個人**連番作弄**，她們真的是善良友好的嗎？

彩羽看出她的疑惑，連忙回想之前的交流方法，主動邀請：「啊，對了！今天有暖烘烘的**焦**

糖燉蛋，要來吃嗎？」

繪鈴打開活動室的門，熱情地拉着她的手說：「快進來吧！」

詩織紅着臉掩飾自己的難為情，小聲地說：「凍柑我不要了，如果是焦糖燉蛋的話……」

繪鈴、彩羽和麗螢悄悄地互望一眼，相視而笑。縱使詩織沒有講明來意，然而她的表情實在太高興了，大家馬上明白她其實非常想要加入手作小組。不過，大家同樣了解詩織性格實在太容易害羞了，於是很有默契地保持沉默，內心卻早已默認了詩織正式成為手作小組的一員，擔任編織師。

四個女孩吃着美味可口的甜點，後來聊到了

「IF」上開設網店一事，詩織不禁好奇地問：「上次我回家上網**搜尋**了好久也找不到，你們的網店究竟叫什麼名字呢？」

麗螢直截了當地說：「**還沒有**。」

詩織呆了一會才難以置信地質疑：「竟然還沒有？你們不擔心被當作詐騙集團或冒牌貨嗎？」

繪鈴苦笑地說：「想法太多了，每個名字都很好，卻又總覺得欠了什麼……」

彩羽溫柔地問：「詩織有什麼**提議**嗎？」

詩織正在思考，這個時候繪鈴的電話忽然「叮咚」一聲響起了**通知**。

四個女孩擠在電話熒幕前查看，原來是白天鵝公主在**「IF」**上標籤了她們！

白天鵝公主在貼文中大力稱讚，其中一段更如此形容：這群小女孩相當貼心，仔細聽取客人要求然後盡力實現，簡直是童話裏，幫助大家解決各種疑難的小精靈呢！

忽然，**靈感**來了。

看到這段熱烈好評，四個女孩不約而同跑到白板前，將想到的店名寫下來。只見白板字迹各異，唯獨她們寫下的卻是同一個名字——

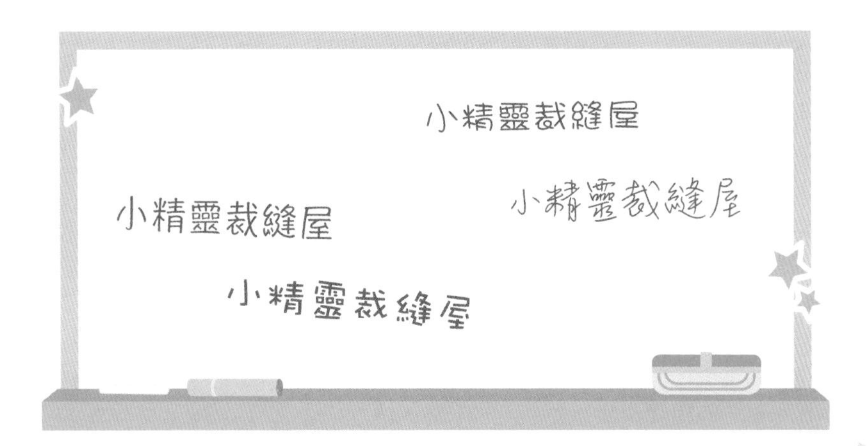

小精靈裁縫屋

02 天鵝公主的皇冠

作　　者：瀰霜
插　　圖：魯賓尼
責任編輯：林沛暘
美術設計：雅仁
出　　版：明窗出版社
發　　行：明報出版社有限公司
香港柴灣嘉業街 18 號
明報工業中心 A 座 15 樓
電　　話：2595 3215
傳　　真：2898 2646
網　　址：http://books.mingpao.com/
電子郵箱：mpp@mingpao.com
版　　次：二〇二四年一月初版
I S B N：978-988-8829-06-4
承　　印：美雅印刷製本有限公司